生命四重奏

向以鲜 著

四川文艺出版社

图书在版编目（CIP）数据

生命四重奏 / 向以鲜著. — 成都：四川文艺出版
社，2021.5
　ISBN 978-7-5411-5984-8

　Ⅰ. ①生… Ⅱ. ①向… Ⅲ. ①诗集－中国－当代Ⅳ.
①I227

中国版本图书馆CIP数据核字（2021）第059661号

SHENGMING SICHONGZOU

生命四重奏

向以鲜　著

出 品 人	张庆宁
责任编辑	周　轶
封面设计	叶　茂
内文设计	史小燕
内文插图	［荷兰］莫里茨·科内利斯·埃舍尔
责任校对	段　敏
责任印制	崔　娜

出版发行	四川文艺出版社（成都市槐树街2号）
网　　址	www.scwys.com
电　　话	028-86259287（发行部）　028-86259303（编辑部）
传　　真	028-86259306

邮购地址	成都市槐树街2号四川文艺出版社邮购部　610031		
排　　版	四川最近文化传播有限公司		
印　　刷	成都东江印务有限公司		
成品尺寸	125mm×185mm	开　本	32开
印　　张	8.25	字　数	165千
版　　次	2021年5月第一版	印　次	2021年5月第一次印刷
书　　号	ISBN 978-7-5411-5984-8		
定　　价	58.00元		

秩序的图像：美学的与伦理的
——向以鲜《生命四重奏》的一个导读
耿占春

　　向以鲜教授的这部诗集将看似互不相干的金鱼与乌鸦、犀牛与孩子、春天与万物、孙登、嵇康与山中观音组成一部"生命四重奏"，意在将物性的论述与人性的思辨联系起来。诗总是涉及对物性的论述，可以把《生命四重奏》视为一部现代意义上的"物性论"，毫无疑问它也是一种独具视角的人性论，隐含着发端于古老世代却仍属于现代社会的伦理主题，而又处在美学主题的透视之下。可以说这是一部有着观念史与思想视野的诗作。

1

在《金鱼笔记》的开始，诗人观察到的是习焉不察的被人为变形了的物性："剪刀蚜虫扭曲的窗子"将一树梅花"变成沉疴中的美人"，流水造成"半段百孔千疮的岩石"，人们偏爱这些"杂种的风景"，生活空间或格局的意象投射向历史的隐喻，扭曲的物性指向变形的历史秩序，"中国的交叉小径 / 蜿蜒奔向未来"。在进入观察金鱼之前，病态的"暗香疏影已游进 / 鱼的膏肓"。

这几乎就是一个开疆拓土的古老帝国走向封闭衰微的隐喻。人们开始喜欢扭曲的东西，喜欢在局促空间以小见大的盆景。曲折离奇以求风格化的景观，千疮百孔的岩石都是让人如痴如醉的形象。金鱼小巧繁复装饰风格的形象显然符合这一趣味。著述过石刻雕塑艺术史等煌煌巨著的以鲜教授对此自然有所研究，他写到"一个叫臻的北宋和尚"发现或培育了金鱼，"在西湖的背影中 / 念诵金刚经 / 并将散落的秋虫 / 投向放生池"，但这一仁慈之举却掀开了"情色史诗 / 苦难的章句 / 涌于慈悲之海"。事实上，"北宋"这一历史朝代概念，"和尚"的社会角色都已融进所要书写的物性内涵，从历史转向一部"情色史诗"。

> 渌漫的美学灾难
>
> 始于上天恩赐之福
>
> 源自溪水中的小天使
>
> 偶尔会因环境而改变颜色
>
> 这种本性却让人发疯
>
> 并赋予工笔或写意的幻想形状

刀笔可以痛下杀手，也能够化为丹青，以鲜写道："晚清的虚谷／会不会是臻师的嫡传／则用古拙的笔墨／领养着一大群／浪游的生命"。一种充满悬疑的生命伦理转向一种风格化的美学发现："缸中的鱼和笼中的鸟／你不想从海和风中把它们臆造"，自由秩序的剥夺或空间的有限性培育出"独特的风格"，这个美学主题（自由与自由的剥夺及其视觉风格）与一个伦理主题（扭曲生命）自始至终都构成一种紧张。

千年的水中花

渐次盛开

头上肿瘤艳如鸡血宝石

眼睛大过童年吹破的肥皂泡

黄金与白银嵌入颠覆之躯

炽焰裹着冰霜翩跹吟诵

再裁一条彩虹长尾

仿佛打扮出阁的新娘

痛哭的珠泪砸碎镜子

如此畸形的生命成为千百年来人们欣赏的一道美学景观："疾病从来没有如此绚烂"，金鱼是病态美学的象征物，或者是一个提喻，它渗透了帝国臣民的心理，人们意识与潜意识中对人与物的诸多趣味属于同一范畴。

变形的物性论是人性论最晦涩的也是最浪漫主义的一章。在美学与伦理、怯懦与残酷的游戏之间，在自由秩序的伦理尚未成为一个社会生活难题之际。

鱼戏的天堂

或地狱

还必须足够小

最好是一只

握于掌中的瓶子

或和珅琥珀书桌下面

那片高仅三寸的

水晶抽屉

    此种"几近癫狂"的病态美学趣味，其诡异之处正在于天堂与地狱的无差别，一个著名的腐败大臣的名字强化了政治伦理的批评意味，把空间的剥夺或自由的剥夺转化为内在趣味，以至于变成逸乐，以至于"小到鱼儿／不能自由突击／不能勇猛穿行／将本来的梭子与利箭／磨成浑圆的／蛋"，这一叙述具有触目惊心的社会伦理层面的转义。《笔记》将一种反讽角色暗藏于一个精于此道的行家，历数形态色彩各异的"金鱼"变形记，"那些随波逐流的身影／穿上萨满羽衣／彗星的鱼儿／躲进象征海洋／圆滚滚的肚腹顷刻敲响／梦想的晨钟暮鼓"，物性成为人性的一种透视，而贪婪成性的和珅又与这一形象何异？

以鲜以吊诡的口吻说道："用内耳倾听世界"的金鱼"反应敏锐如同先知"，"因此别把鱼儿当摆设 / 请小心客厅中的谈论 / 尤其是政治与色情的话题"。或许，诗人所嘲讽的，正是客厅里观赏金鱼的人们小心翼翼躲避的议题。

> 近视者视野广阔
>
> 对于色彩有着天然的感悟
>
> 人类的怪癖反映于
>
> 凸眼兄弟的视网膜上
>
> 有的视觉神经
>
> 在崩塌状态中近于瞎子
>
> 虽然无法识别人的面孔
>
> 却能记住主人的言行举止
>
> 有时还能揣测其心意

这条件反射似的行为"正是鱼儿的深情所在"，这也正是那些"玩物"或被玩弄物扭曲的物性之显现。《笔记》叙述涉及诸多金鱼品类、金鱼专家和人们怪异的喜好，及其奇闻逸事。而《笔记》的主题却是反向的：这是"多么残忍的趣味 / 多么冷漠的赞美"。

> 在午夜的弱光中
>
> 不是鱼的鱼
>
> 梦见久违的祖先
>
> 银灰色的鲫鱼惊鸿一瞥
>
> 面目全非的夺目子孙
>
> 泄露人性中反生命的阴暗面

对某种物性的嗜好沦为反生命的阴暗心理，诗人写道："改变造化的行为本质 / 是欲扮演无所不能的上帝"，而它的扮演者却是被剥夺了自由的人们，他们观赏着的是自身的形象。然而与当今改变造化的行为比起来，"让游鱼变成蝴蝶"不过是雕虫小技。诗人知道，"万物皆镜"，金鱼（物性）也是人类属性的一面镜子。

变态的霓裳哀歌

杀鱼不见血的基因突变乐章

还将继续狂暴演绎

直到有一天天才的人类

变成车辙中的被观赏者

这场旷日持久的变奏

终于戛然而止

　　人类总是对事物或物性赋予自身的属性，无论他们喜欢还是厌恶，《乌鸦别传》也认为所有的事物都是人类的镜子："有时候 / 观察一只乌鸦 / 比打量一面镜子 / 来得更加真实"。一反习俗观念对乌鸦的贬低，别传中的"乌鸦是美丽的"，"黑，黑得发火 / 戴上最好的面具 / 胸怀最神奇的 / 图像或诗"。

　　在诗人笔下，乌鸦的物性迅速扩展至人性的领域："如同长夜收藏白天 / 苦难收藏甜蜜 / 乌鸦对一切闪闪 / 发亮的充满好奇 / 纽扣、假牙、戒指 / 图钉、硬币、珍珠 / 电脑芯片、人们的梦 / 破碎的爱情和镜子……"这里既非通过隐喻亦非通过类比，一种物性的链条将乌鸦与人世联系起来。毫无疑问，人世充满悲伤，"但是，不能/把太多的悲和伤/太多的仇和恨/都推向枝头/上的啼鸣"——

　　一只乌鸦

　　那么瘦小孤单

　　像一位过早

　　衰老的儿童

　　雪，越下越大

　　乌鸦

　　已没有能力

　　为人类承受

　　如此多的不幸

　　有多少事物成为人类思想的符号，又有多少事物充当了人类幻觉的符号。正如金鱼成为反生命趣味的美学牺牲品，无辜的乌鸦成为不吉利事物和人类悲伤情感的符号。但《别传》却建议向被符号误解的事物"学习爱"，"苦

难的象征者 / 成了爱的使者"，"温情的反哺之喻 / 让衰亡不再悲伤"，"在爱和苦之间 / 乌鸦所能表现的 / 情感，我们到底 / 还要学习多久 // 才能抵达 / 自然本身的高度"？坏消息、人类的不幸与死亡，并不是乌鸦带来的。"乌台"一节写道："……乌鸦 / 不会对人类的 / 制度感兴趣"——

乌鸦喜欢的是柏树

枝繁叶茂的柏树

从不凋谢，柏树的

香味，别有含义

足以抵抗建筑中

散发出来的

另外一种气味

死亡的气味

诗人意犹未尽地补充道，这是"杀戮的气味 / 阴谋的气味 / 腐朽的气味 / 帝国的气味"，人世的黑暗与"天下乌鸦"毫无关系，人世的纷争却"比群鸦本身 / 还要纷纭一万倍"。

人们喜爱的（金鱼）和厌弃的（乌鸦）都无来由。渗透于物性之中的既有美学谬误也有伦理偏见，诗人透过金鱼这一符号揭示了精致的审美也是变态的审美，而给予乌鸦的伦理情感也只是一种集体幻觉。在这一章，以鲜的诗改写了事物、物性及其符号，也对固化了的符号进行了符号化的纠正。

2

如果说"金鱼与乌鸦"涉及美学主题与伦理主题暗藏的紧张，那么"犀牛和孩子"则是一个更为清晰的现代伦理主题，犀牛涉及人与自然关系的伦理，被遗弃的孩子则无疑涉及一个基本的社会伦理主题。《忧伤的白犀牛》叙述的是白犀牛消亡的历史，从2360头到最后一头名叫苏丹的白犀牛的死亡：

在广袤的大自然

白犀牛素来无敌手

它们的敌人只有一种

　　就是我们：人类

　　自然万类在人类心目中的价值是它的用途，实际用途与想象的用途，物质的作用或象征符号的作用，而不是万物自身的存在。诗人批评道："在灭亡来临之前 / 我们，这些人类 / 又从魔鬼变成了天使 / 从杀手变成了救星"。

　　人们以保护之名

　　行残酷之事

　　而去除犀牛征战的独角

　　也就等同于阉掉

　　雄性的意志

　　对金鱼与乌鸦，人们赋予事物的物性是审美趣味的和伦理观念的，而对另一些事物，则多半是实用主义的，有如猎杀犀牛的行为。诗中写道："在中国，阴暗的药店里 / 犀牛角层层包裹在 / 柔软的丝绸里 按李时珍的说法：犀角 / 犀之精灵所聚 / 故能解一切诸毒 / 千金秘角的身价"，据说犀角从每公斤 1700 元人民币陡涨至 470000 元，无论是想象的药用价值还是贵族眼中犀牛角精致纹样的美学价值，都导致犀牛家族的最终毁灭，"在中东，昂贵的钻石宫殿／年轻的王储旋转着／镶嵌白犀角把柄的／蛇形匕首，太阳的光芒／自犀角端的中心／向四周扩散、隐现／生命哀歌的精致纹样"，如果说宋人以来对金鱼的审美趣味是精致而变态的，王储们对犀牛角纹样的喜爱则隐含着审美趣味的残酷，美学价值变成了权贵的附庸和对生命的冷漠。诗中反复低吟最后的白犀牛：

厄运接踵而来

苏丹，虚无的统治者

不仅妻妾难成群

子嗣也无踪影

白犀牛家族的香火成灰

苏丹的兄弟

唯一的战友苏尼

已于去年秋天死去

苏丹，失去同类的老英雄

成为滞留人间的孤魂

"守卫即自赎/绝望践踏希望"，这"荒诞的戏剧场景"在各种环境中反复上演，被珍贵的是某个器官，被蔑视的是整个生命，"故事虽然波诡云谲/但悬念逐渐清晰/保卫者与被保卫者/不断交换着宿命的位置"。而诗中复调般吟咏的是——

　　　（白犀牛白犀牛

　　　忧伤的白犀牛

　　　谁是最后的白犀牛）

这不只是白犀牛的悲剧，而是人类自身的悲剧。这种现代悲剧的特有形式是买，买，买和收买；没有什么不能购买或收买，构成了现代悲剧的逻辑。然而买被当成了幸福生活的逻辑，以致遗忘了无法购买也不能收买的生命自身的尊严与价值。

与犀牛对应的伦理主题《拾孩子》，显然源于一则普通的社会新闻。诗人将"捡拾"行为——与购买或消费经济相反——进行了具有起兴意味的描述："小时候，在田野间 / 我们拾过麦穗、稻子……长大了，在城市里 / 我们拾过青春、爱情 / 热血的时候 / 也拾过伟大的理想 / 幻灭的书籍 / 黑夜中的雪花与银子"。如果说购买有自己的转义领域，丢弃和捡拾也变成了富有转义的修辞。

诗篇接着进入"拾荒老人楼小英"从垃圾堆中讨生活的叙述："如果能捡到半斤 / 贼亮的黄铜丝 / 或一箱变质的方便面 / 那无异于发现一座 / 月光下的宝藏"，带给人们快乐的事物竟是如此不同。一些人丢弃的废弃物，却是另一些人赖于活命的"宝藏"。当代社会的物性首先是商品属性，消费奢侈品则具有了拜物教属性。而捡拾既不处在工业社会的生产与交换逻辑，也不处在现代社会的购买与消费逻辑，捡拾也不是馈赠与礼物的逻辑。捡拾或捡拾垃圾是如此卑微，不会有人关注废弃物经济，而在向以鲜教授的诗篇里，丢弃、捡拾与收藏被赋予了更普遍的经济伦理含义，"我们抛弃的 / 正是别人梦想的"，诗人感叹这么"一条残酷的生物链 / 穿过虚伪和良知"。诗人转而写道：人们能够捡拾的一切与楼小英数十年前的风雪黄昏第一次捡到的孩子相比都显得无足轻重了。

在她眼里，"即使是装在鞋盒子里 / 丢在粪池中的孩子 / 也无比的昂贵 / 无物堪比拟"。她拾到过比垂死的小猫还要瘦弱，身上没有哪怕一丝土布的襁褓婴儿：

> 楼小英俯下身去
> 望着赤裸乌青的可怜虫
> 像菩萨凝望
> 怀中的莲花童子

诗中写道，楼小英的家"没有完整的东西 / 就连暂避风雨的五里亭 / 也是用残砖、败絮 / 和塑料布搭成"，"一间清朝留下的凉亭"却"成为弃婴的 / 乐土"。一位苍老的拾荒母亲（一度还背上贩婴 / 或破坏计划生育的罪名）。

> 十几个脏孩子
> 每天傍晚依门眺望山头
> 当佝偻的身影
> 随着巨大的箩筐出现在天边
> 孩子们泥鳅一样活跃起来

钻进褴褛的怀中

钻进母亲背回的破世界

这时，楼小英坐在旁边

欣赏着满地乱滚的孩子

如同工笔大师

欣赏着瓷器上的百子图

这时，荒芜的五里亭

犹如一面尘世的镜子

映照着欢乐、悲伤、爱情

也映照着时代疮痍

以及活着的痛楚

诗人再一次提及镜子！这个世界的伦理悲剧不只体现在这些弃婴身上，一种悲剧状况下面总是隐含着更深的和更为普遍的伦理困境。这是恶已司空见惯，善行却总会遭人诟病。人们责难这个拾荒老人连自己都难以生活，为啥还要养这些弃婴。某些不幸的人抛弃了婴儿，更多的人则已放弃善行的理念和能力。此刻我们可以感受到诗人的愤怒："楼小英突然吼道：我们／垃圾都捡，何况是人！"

　　在浙江金华，这位身份卑微的"愤怒的菩萨"临终之际，"透风的老墙上"贴着35个孩子的照片，"91岁的楼小英/拾荒的送子观音/44年拾回35个孩子/让肮脏的世界/绽放35朵干净的莲花"。这则社会新闻在以鲜的诗歌中转化为一个伦理寓言：最弱小、最贫困、最一无所有的人依然能施予他人善意与善行。任何人都能够施予，一贫如洗依然能够成为一个善行的施予者，只要没有放弃善的愿望，或我们能够重新"捡拾"起被遗弃的生命价值。

3

　　如果说"金鱼与乌鸦"是一个有关美学主题的批判，暗含着美学问题向伦理主题的转换，而"犀牛和孩子"是一个显性的社会伦理主题，由"春天，春天"和"草木歌"组成的第三章《春天的草木》则是一种现代美学和古老伦理主题的隐秘交响。在描述生命被扭曲、被毁灭、被遗弃的状况之后，向以鲜教授的"生命四重奏"进入一种欢快的段落。这一充满生命意志的主题也不再通过个别事物进行特殊的论述，而是激发起万物的交响。

在这一章里，春天带有一种宇宙论背景，当重复着这个词语"春天，春天"，标题自身就携带着一种咏叹气息。"春雷"是"宇宙的重金属／全都聚集于此／都来耳中怒演／虫子的乐谱"，直到把"万物的耳朵／敲打成一面面／春天的战鼓"。春天在最早的朝代里是一个仪式的时刻，春天的万物亦具有了象征符号意味："春天的燕子"被视为具有营造才能的"细小建筑师"，"并在荆棘和细雨中／弹奏勇敢的蓝调耳语"；"春天的鱼泡泡"意味着"江河与月令的馈赠／／一条条受伤的／流着鲜血，垂死挣扎的仪鱼"。它们象征着生命的复活，时间的轮回，宇宙之道的运转。它提醒人们万物与仪式原初时刻的关联，而仪式则是对宇宙之道的参与。

这是对春天及万物的宇宙论式的论述，充满庄严而愉悦的调子。即使诗人在"春天的白虎"中感慨"最淡的是真相／最深的才是世间幻影"，或者感叹"最重的是浮云／最轻的才是不朽华章"，但诗人仍然是在宇宙象征的意义上说，"白虎啊白虎，你是我／不可救药的春天、烈焰和灰烬"。

在诗人眼里，春天充满宇宙论的启示，又保持着意味深长的沉默，他在"春天的大海"听到的是，一种"无边无际的怒吼／无穷无尽的低语／无始无终的沉默"。所有的事物都不能被孤立地看待，事实上，所有的事物都是其他一切事物，此刻，万物的物性是一致的，万物都具备春天的属性，万物都展现出"大自然的裸体"或"春天的乳房"，春天是生命欲望的觉醒，是万物欲望的颂歌，他在"春天的贼"里写道"春心荡漾的时候／谁又不想做一回贼呢"。而从少女到皇后，她们未卜的命运"比春天的情欲还要难以猜测"。在诗人眼里，"春天的幸福""细小得不容置一词／又那么辽阔，望不到尽头"。而比太阳大一千万亿倍的巨型星系团，在诗人眼中也只是一树"宇宙的樱桃"。这种显现在自然物性中的广阔的宇宙论意识，与后世病态的美学趣味天壤之别。

"春天的大象"则把现代社会的印迹投射在这个原本欢乐的时刻："隔着玻璃或栅栏／无论是狮子，老虎，犀牛／还是河马，黑熊或者美洲豹／无一例外地背对着人们／寂寞背影，我读到彻底的厌倦"。这一回应着"忧伤的白犀牛"的景象瞬即将时间从上古降至当下——

> 只有一头雄伟的断牙大象
>
> 春天的大象面对面，两耳迎风
>
> 山岳一般屹立在万众头顶
>
> 仿佛是要看清，每一张
>
> 囚禁者和观赏者的脸

　　在愉悦的调子中出现了其他章节忧郁的基调，有如欢乐颂歌主题中的一个不和谐的副题。在诗人看来，所有的事物或所有的物性都是融通的，"囚禁者"与围观者的命运是暗中相通或相互转换的。如"春天的卦象"所显示："量子物理学家告诉我 / 每一种事物都不是孤独的 / 都有一个，或无数个 / 相互对应的分身"。如此看来，金鱼与乌鸦，犀牛与弃婴，春天的草木与人性，岂不意味着都有无数个"相互对应的分身"，每一事物的一部分都存在于其他事物中，原初仪式时刻的碎片就像故国的影子，以缺席的方式存在于当下。

> 它们在哪儿?
>
> 我是那么急切地想见到
>
> 那些与我息息相关的
>
> 永无相见之日的故国

在诗人看来，当人仅仅这样思考的时候，"就不再孤独了"，"就有几何级数的爱 / 向你涌来，我们心之所及 / 只是春天的卦象而已"。复苏的万物都是生命不朽的符号，都是爱的回归。这就是最终诗人写道的"春天的大诏令"："夕阳如赤豹……发出不可逃遁的命令"，"万物的羚羊 // 俯首听从命运的安排"。

> 我决定
>
> 落在自己的王座上
>
> 颁布一道无比灿烂的大诏令

这首诗就是一篇"春天的大诏令"，有如上古时代仲春三月奔者不禁的自由诏令，它是生命自由、释放自然潜能的承诺。万物相互关联和生命的自由伦理奇迹式地结合在一起，一切事物都是其他事物的卦象或符号，没有什么存在是孤独的，在一种万物普遍联系的和谐中，每一个体自由发展的伦理则是高于一切戒律的最高伦理。如果说前两章体现了美学批判与伦理批判，而《春天，春天》一章则是乌托邦式的颂歌。

在春天的咏叹之后，《草木歌》就像是它深远的和声，仿佛是由千百万种草木自身发出的低语。"很多事物都是注定的／不仅仅是人类的命运／包括一棵草"，也能够"为夜晚／抽丝、燃泪。为诗人／和黑矿工，打亮灯罩"（《灯芯草》）；连"一朵早已死掉的荷"也会散发出"不死的芬芳"（《杯中枯荷》）；"连大地都烤焦了／只有苏铁，古老的勇士／在五百度高温处方中／珍藏苍翠的心脏"（《一万棵苏铁》）；而落日般枯萎的葵花，"低下漆黑的脑袋"，却"倔强地站着，看来／死亡并不能让所有生命倒下"（《落日枯葵》）。处于最低处的苔藓也拥有自身的生命力量：

就算落到黑暗尽头

无力仰望星斗

又有什么可怕的

只要抓住一片岩石

一缕游丝般的决心

悬挂于森林缝隙

漂荡于暗流中的苔藓

下等又古老的生命

能以自己的方式

积聚微小力量

沉默地自我修复

顽强而缜密的苦行者

在践踏和唾弃中

以反复枯荣获得重生

腐朽的象征，恰恰是

太阳的另一种表达

绝壁寒窟的柔软怀抱

有时，还会收听到

来自上苍的私语

　　在最古老的宇宙论的象征语境中，《草木歌》为最
卑微的生命立传，为稻谷和石榴，也为不知名的野花，
更是为万物赋予汉语的丰富属性，青涩或甘甜，简单或
繁复，微末或高耸，透明或不可穿透，万物的物性和物
性的转化赋予汉语诗意的特征。如"枣核研究"一诗所写：
"寻常事物亦有神迹"，一枚枣子如汉字，"噙于口齿
之间正好／上演益气生津的宛转杂剧／问题也就出现于此
／反舌鸟总是噙着一枚／充满歧义的虚词"。可以感受到，
在诗人书写着万物及其物性的时刻，他也是在书写着母
语的诗性。万物有如语言，它既是无所不在的复苏，也
是"无所不在的生与死"。因此在以鲜的诗歌中，一种
暗含的诗学主题总是伴随着对万物的书写，物性亦同样
被赋予了语言与诗：

　　　　我试图拼命嚼碎沉默的

　　　　枣子核心，却听见

　　　　坚胜金石的植物之风骨

发出异响：如同雪山

亮出黄金或苦修的隐士

　　诗人笔下的枣子既是万物，也是语言或词语。在古老的传统中，也在现代诗歌中，一直存在着万物统一性的感知或想象，这种统一性与其说存在于宇宙间，不如说一直潜在于人的灵魂及其语言符号之中。在现代社会，这种统一性变得模糊不清或处在分崩离析状态，在社会、经济、政治及其观念领域，解体的力量异常强势，它带来意识的分化、自我的分化和语言的分化，正如物质的分化分解释放出无穷的能量，意识、自我与语言的分化也携带着巨大的能量。然而万物的统一性、万物的普遍联系则具有更深刻的美学意义与伦理价值。正如《生命四重奏》的结构所示，万物共存于一种非体系性的连续体之中。在《生命四重奏》中，万物的隐晦统一性被再次感知到，从金鱼到乌鸦，从犀牛到孩子，到春天的万物与草木，人类从万物的初始统一性中意识到自身的独特存在，生命个体从这种统一性中分离出来，获得自由，又企图将这种自由馈赠给生命的整体。在守护着自由之时，现代诗依然指向一种复归，即为万物最终复归共同本源这个愿景奠定了一个美学基础。

4

这是一个伦理难题，分化、分裂、个体自由与万物的统一性，这一难题早就显现在人类社会之中，从而也构成了那些卓越者的内心生活的基调。第四章《山中观音》叙述了隐士孙登与嵇康之间无言的"山中问答"，当嵇康问道于隐士希望得到迷途指津时，孙登只将口哨"吹向昏浊的时代"，当"万籁俱寂时 / 我作鸾凤鸣"。三年了，嵇康没有得到一个字的回答，只有"不可方物的口技"成为二者之间也是"你和世界交谈的 / 唯一方式"。当冷落的秋夜落木萧萧，当失望的嵇康转身背上独弦琴准备下山之际，他听见了一个字："晦涩的秋壑 / 开碑裂帛 / 火！"

嵇康与孙登对峙

像两座青峰

两柄宝剑

两棵枯树

两个孩子

两尊神

两朵

火

　　这一章的伦理主题既是显著的，也是隐晦的。孙登是著名的隐士与修行者。他体现了夫子所说的贤者四避，即避世，避地，避色，避言。隐士已将贤者或儒家君子的伦理责任降低到最低限度。然而以新的智识来看，隐士与修行者又在实践着最高的宇宙之道的律令。孙登与嵇康的形象被比喻为：两座青峰，宝剑，枯树，孩子和两尊神，两朵火焰。对诗歌而言，修辞就是叙事，也是叙事转义的发生。在以鲜教授的阐释里，这种最高的宇宙之道和最低限度的伦理责任就是火种的保持——

　　时光熠熠生辉

　　苍山如大海升沉

嵇康心中激荡着

以三年青春岁月

点燃的火

是啊

得重新认识

这跳动的炽热花朵

以木石纸帛金属

影子灵魂星宿

寄身的火

毫无疑问，隐士们或嵇康以美学方式解决了社会伦理难题，然而后者只是被个人暂时悬置了，在山林之外，这个难题无从逃避。是的，如同夫子所说的四避，他提供的不是一种社会方案，而是乱世中的个人策略。为什么儒家所进行的社会方案，那种圣贤般的事业，常常需要降低到对人类德性最低限度的期望，才能成全一种个人的德性。隐士同贤者一样，并不认同他生活其中的人类秩序，尽管他有着清醒的认知，也无力抗拒这种没有德性的秩序，即由暴力与权势造就的混乱秩序。由于缺乏秩序的基础，由于道德上的本源未经探明或被深深遮蔽，个人对德性的追寻就变得十分惊险，从而备受折磨。

> 黑暗收藏着种子
>
> 灰烬播撒光明
>
> 燔悟之火是如此美丽
>
> 燧石凿取灼灼诗篇
>
> 恰在此时
>
> 响彻古今的
>
> 鸾凤之音
>
> 从高处
>
> 熔金般倾泻
>
> 山鸣谷应
>
> 并在霜晨
>
> 和嵇康眼底
>
> 擦出大火

此刻，隐士和狂狷之士以一种超越礼乐制度约束的精神自由出现于人们的愿景中，这种自由自主的个体意识正在缓慢地漫漶于整个社会的智识阶层。在嵇康的时代，借助佛学的流布，一种新的智识正在形塑之中，它也预示着一种不同的时代风尚。人们无法从社会性存在获取来自同类的支持性体验，避世或类似于修道主义的人性圆满的个人德性观念将以不同于儒家的方式弥漫开来。而避世者所能够回归的，并非生命个体，而是复归于想象中的宇宙之道，复归于可以感知的自然万物。最终，是万物的密度托住了无所凭依的个体生命。这是一种替代性的体验，人世间共情的缺乏让人格外迷醉于自然万物的共享经验。

　　万物或万物之火在孙登与嵇康的潜在对话里，成为个体心灵的交流媒介，正是在这里，万事万物转化为声音，一种"鸾凤之音"响彻古今，回响在他们心中的声音亦令"山鸣谷应"。视觉的美学觉醒于诗歌与绘画，觉醒于遗世独立的观看方式；由嵇康与音乐的象征表明，视觉美学正在转向听觉的佛学式醒悟。在诗人笔下，"观音"意味着感觉的圣灵化，正如在"春天"和"草木歌"里，山中观音不是人的宗教想象及其所塑造的形象，而是自然万物的不同面相，杨柳、水月、飞瀑、一叶……是观音，鱼篮、青颈、持经阅读也是观音，"持经"写道：

　　阅读多么重要

　　阅读韦编、桑麻

　　阅读雕版和卷轴

　　阅读朝云、暮雨

　　阅读乱世和眼泪

　　诸神也要阅读

　　手不释卷的菩萨

　　看上去更像一位

　　美丽的乡村老师

　　我的母亲

　　观音是观看和听觉的圣灵式转化，观音无须面对面，观音在感觉世界中创造了超感觉，让人的内心与万物拥有一种特殊的亲密性，而启迪无处不在，能够看见的一切不只是所见之物，它消弭了人与物之间的疏离感，成为一种最虔敬的物性体验。在《十一面观音》里，既可以"蛤蜊观音"，也可以"云上观音"，一只"任人捕

获的小东西 / 也饱含苦难 / 孕育沧桑之变"，而"坐在云端上"则改变了眼界和"我们的生活"。人也可以成为"多眼观音"，只要他能从物性的多重角度，就能"看见看不见的 / 真相"。

第十一面观音"阿摩提"，诗人再次回归"山中问答：火"这一主题，世界的声音与万物再次联系起来，"观音"能力被视为一种救赎性力量：

火焰和怒吼

是可以控制的

可以呈现出

任意的形状

白色狮子的形状

凤凰的形状

鱼和鸟的形状

箜篌的形状

爱的形状

思想的形状

灵魂的形状……

在世界失序或混乱的历史状况中，诗章最后似乎又回到了万物统一性的主题，就像在古印度吠陀经或前苏格拉底时代，回到了万物本源的构想："那些岩石或海水/可能是另一种/秘密的火焰"。《生命四重奏》貌似散漫，实则力图在无序中呈现出某种秩序的图景：既是美学的，也是伦理的。而美学与伦理之间的紧张构成了诗与世界隐秘的结构。但不难发现，在以鲜的诗篇里，在诗学意义上，他寻求着伦理学与美学尚未分化的那些时刻，当感觉世界充满圣灵的时刻。

《生命四重奏》有一个妙趣横生的"尾声"。这是一个长长的尾巴。比起别的部位，尾巴似乎是不那么重要的，但无论是海洋生物、空中飞禽还是陆地生物，尾巴都起着定向和纠正偏离的导航仪作用。对人类来说，尾巴在进化中消失了，而它有一个符号化的替代物，那就是"记忆"。人类的记忆。向以鲜教授在《生命四重奏》的结尾，书写了一个漫长的"尾声"，这是一首既独立又与四重奏对应的记忆之歌，即尾巴之歌。它不仅回应着金鱼的尾巴、乌鸦的尾巴和犀牛的尾巴，也回应着把尾巴藏起来以防被断肢的隐士生活。

而对向以鲜教授来说,《尾巴之歌》最终复归于语言与诗歌自身,在整个现代人类文明中,诗歌就是这样一条"尾巴",一种无足轻重却又充满自由游戏精神,一种灵活的、"最初的最后的／爱情器官"。

　　尾巴啊尾巴

　　一切玩具的祖先

　　游戏精神的命脉

　　艺术与诗歌的端倪

〈作者简介〉

耿占春: 1957 年生,诗人,河南大学文学院教授,中国当代最具思想者气质的诗歌批评家。

目录

多识于鸟兽草木之名

——孔子

经历所有的生命，穿越所有的黑暗

——[尼加拉瓜]鲁文·达里奥

金鱼与乌鸦

缸中的鱼和笼中的鸟
你不想从海和风中把它们臆造
用诚实的瞳孔看过它们敏捷的小身躯后
你描摹它们，赋予独特的风格

————［西班牙］加西亚·洛尔迦

金鱼笔记

1

剪刀蚜虫扭曲的窗子

以及扑满尘土的琴声

将一树自由梅花

变成沉疴中的美人

流水经年累月地咬出

半段百孔千疮的岩石

杂种的风景在春天

中国的交叉小径

蜿蜒奔向未来

暗香疏影已游进

鱼的膏肓

2

一个叫臻的北宋和尚

在西湖的背影中

念诵金刚经

并将散落的秋虫

投向放生池

那儿

陡然出现的金色

看上去并不十分起眼

却掀开了崭新一页

情色史诗

苦难的章句

涌于慈悲之海

3

溙漫的美学灾难

始于上天恩赐之福

源自溪水中的小天使

偶尔会因环境而改变颜色

这种本性却让人发疯

并赋予工笔或写意的幻想形状

实验者痛下杀手

催生新的物种：金鱼

游魂一样荡漾

于东方琉璃中的喀迈拉

4

晚清的虚谷

会不会是臻师的嫡传

则用古拙的笔墨

领养着一大群

浪游的生命

在上海的关帝庙

虚谷借着英雄的刀锋

要把所有的鱼儿照亮

鱼儿倒是亮了

自己的灯却熄了

5

千年的水中花

渐次盛开

头上肿瘤艳如鸡血宝石

眼睛大过童年吹破的肥皂泡

黄金与白银嵌入颠覆之躯

炽焰裹着冰霜翩跹吟诵

再裁一条彩虹长尾

仿佛打扮出阁的新娘

痛哭的珠泪砸碎镜子

6

疾病从来没有如此绚烂

连阳台对面的猫

也显得有点儿意醉神迷

江湖儿女萍踪云雨

人工饲养的舞蹈家

更多的冒险情节

谱进鳃叶鳞片和火红的鞋子

7

还有妖冶的蓝

人们对蓝颜的偏好

几近癫狂

不仅要让鱼儿

跳动蓝色的心脏

恨不得将整个鱼缸

整个庭院

都变成蓝色的暗夜

8

鱼戏的天堂

或地狱

还必须足够小

最好是一只

握于掌中的瓶子

或和珅琥珀书桌下面

那片高仅三寸的

水晶抽屉

小到鱼儿

不能自由突击

不能勇猛穿行

将本来的梭子与利箭

磨成浑圆的

蛋

9

瞧！短尾琉金

脑袋与背弓形成 145 度夹角

薄若蝉翼的凤凰曼舞峰峦

鹅头鹤顶虎纹狮鬃

数不清的袖珍禽兽

向方寸之池云集

蹒跚而至的泼墨婴孩

划拉着算盘珠子的双目

坚硬尾鳍插入黑丝绒

如一柄打开的桃花骨扇

10

另一条名字叫望天

眼球翻转向上努力突破

无穷缠绕的水草

与俯视的人们形成对峙

奇妙之处在于眼眶

三只圆环三只重叠的月亮

反光物质从玻璃深处

升起非凡的露珠

不生根亦不曾滴落

11

喜鹊花由黑白两色组成

头背尾鳍如子夜

腹部则赛过初雪

看来一条鱼与一只鸟

相去并不遥远

落雁之思照透沉鱼

而新近入伙的荧鳞蝶尾

在更黑的母体中

吐出光的词语

12

朱鱼谱写麒麟斑

每一鳞上有二色

或白边红心

或白心红边

或黄心黑边

或黑心黄边

尾鳍具见如鳞状而花者

斯鱼如兽中之麟

禽中之凤

实为世间不常有之物

黑色的波中仁兽

带着圣贤的意志

只需一转身

就游进另一片

苍穹

13

那些随波逐流的身影

穿上萨满羽衣

彗星的鱼儿

躲进象征海洋

圆滚滚的肚腹顷刻敲响

梦想的晨钟暮鼓

14

用内耳倾听世界

虽然深藏于头骨之中

但反应敏锐如同先知

加上侧腺也具备听觉能力

因此别把鱼儿当摆设

请小心客厅中的谈论

尤其是政治与色情的话题

15

近视者视野广阔

对于色彩有着天然的感悟

人类的怪癖反映于

凸眼兄弟的视网膜上

有的视觉神经

在崩塌状态中近于瞎子

虽然无法识别人的面孔

却能记住主人的言行举止

有时还能揣测其心意

热烈追逐着偶尔投下的人影

这看似条件反射的觅饵行为

正是鱼儿的深情所在

16

更为奇妙者

吴中养鱼专家

其所蓄金鱼

能辨别旗帜的颜色

赤玄紫白

错综交织在一起

如一道不断收缩

又放大的虹霓

只要主人在上面

摇一摇彩旗

相应色彩的鱼儿

即依次上浮觅食

彼时

旗帜即冲锋号

鱼儿就是

待命的战士

17

少女孙芳祖

日汲井水置于榻前

浮了绿瓜又沉碧李

夏天好安逸

有一天少女生病了

孙家以盆为沼

畜金鱼数尾

朱鳞翠藻环游

少女倚枕投饼

观鱼儿往来争唼

这让病中少女

感觉到一丝儿生趣

并想起庄子和鱼的故事

父亲悲伤地写道

未几疾甚鱼先死

唉!

哲学救不了命

鱼儿只好以死相拼

18

春天
所有的生灵受惠良多
从冰冷中解放出来的囚徒
大行鱼水之欢
鱼卵如星辰散落
但是睡眠始终是一个
悬而未决的问题
鱼儿是世间少有的
不能闭上眼睛的可怜虫

19

有时潜入砂中

有时匿于森林的水底

如果在貌似睡眠的状态

放入微少的乙醚或普鲁卡因

濡沫之间即失去知觉

直至停止呼吸

麻醉的涟漪不再扩散

此时可以确定

鱼儿已长眠

20

多么残忍的趣味

多么冷漠的赞美

在午夜的弱光中

不是鱼的鱼

梦见久违的祖先

银灰色的鲫鱼惊鸿一瞥

面目全非的夺目子孙

泄露人性中反生命的阴暗面

21

改变造化的行为本质

是欲扮演无所不能的上帝

让游鱼变成蝴蝶

变成任意的虚假园圃

那又能怎样?

太阳如常生活依旧

　"而你伟大的灵魂可要个幻景

而又不带这里的澄碧"

赤裸的塞壬喉咙喑哑了

22

魅惑的荒岛歌者

曾在迷茫水手心里

偷养着一条金灿灿的鱼

养在大海的背面

（像北宋的臻师

或晚清的虚谷）

彼此永生不能相见

相见即渴死

23

万物皆镜
鱼儿的脸
是镜中
之镜

24

变态的霓裳哀歌

杀鱼不见血的基因突变乐章

还将继续狂暴演绎

直到有一天天才的人类

变成车辙中的被观赏者

这场旷日持久的变奏

终于戛然而止

乌鸦别传

1. 名词英雄

弗兰兹并没有死

小说中披露的

只是真相的一部分

忧郁的格里高尔

不停地变化

先是隐身于捷克语

孤单的徽记中

收束一帘幽梦

翅膀未及打开

就飞回希伯来洞穴

盘桓的舞蹈扩大

绝望和光环

再穿过岩石

插向更冷的地方

在孤单的小行星

成为名词英雄

伟大的头颅

不由自主地倒垂

怀着深情和爱意

想念家人，想念虫

2. 大地

鸽子回来

乌鸦没有回来

一直飞来飞去

地上的水都干了

后来才明白

不回来，说明

苦难的大地

已出现生机

离开这只船儿

也能活下来

并且能得到

昆虫和种子

果壳中的肉

那是你的最爱

得下番硬功夫

才能享受

有人看见你

从高空往下俯冲

还有人看见

你把车轮当碾子

3. 枯枝

想活得好一些
飞翔之外
还得有点绝活儿
轮子、锤子
只是一小部分

更多的秘密
比羽毛还多，衔来
枯枝插进石缝
掏出深陷的谷粒
虫卵或花蕾

和我们用锄头
推土机，用太空
手臂获取想要的
原理，缜密的逻辑
几乎完全一致

德尔斐神谕：认识

你自己。有时候

观察一只乌鸦

比打量一面镜子

来得更加真实

4. 数学家

卡片上的七个圆点

代表七颗或更多

神的麦子，隐藏

在七只纸盒里

打开第一只纸盒

从中啄出一团光

第二只，啄出两口空气

第三只，一把蔬菜

第四只纸盒是空的

空空的壳，像苍穹

打开第五只纸盒

准确地啄出一条鱼

第六只纸盒中

装着什么，数学家

盘算着，从中啄出

一个人的影子

继续啄，一直啄到七

加上自己，多么虚无啊

这是智慧的极限

之后，万物都安息

5. 图像或诗

如果给一支笔
乌鸦一定是诗人
如果给点颜色
乌鸦一定是画家

记得很多图像
洪水泛滥的图像
干旱的图像
嫩芽或死亡的图像

尤其记得
被老鹰追杀的图像
以及那条蜿蜒
逃生的道路

通过孵化
微弱的体温

将刻进命中的图像

密码，一代代传下去

黑，黑得发火

戴上最好的面具

胸怀最神奇的

图像或诗

6. 空中博物馆

如同长夜收藏白天

苦难收藏甜蜜

乌鸦对一切闪闪

发亮的充满好奇

纽扣、假牙、戒指

图钉、硬币、珍珠

电脑芯片、人们的梦

破碎的爱情和镜子

湖面鳞鳞落日

在晃动的空中博物馆

甚至可以看见

磷火，看见从波涛

淘回来的猫眼石

运气好的话

还能看见一枚

火红的心脏

从巢中腾空而起

7. 头发与乌鸦

让两只乌鸦同时
降落少女的头上
其中的深意
迄今仍不为人知

对称的美感
奇妙的构思
多么幸运的鸟儿
一落脚，就是青春

透过黎明
透过欢乐的内心
乌鸦嗅出时光之外
森林的暗示

让灵魂飞走吧
颜色留下来

艺术家早就描绘过

"乌鸦是美丽的"

8. 悲伤

雷电推向乌云

眼泪推向爱情

裂纹推向火焰

松柏推向狂风

但是，不能

把太多的悲和伤

太多的仇和恨

都推向枝头

上的啼鸣

一只乌鸦

那么瘦小孤单

像一位过早

衰老的儿童

雪，越下越大

乌鸦

已没有能力

为人类承受

如此多的不幸

9. 鸦塔

要搭建一座塔

有诸多材料可供选择

青石红砖、鲜血糯米

巨大的树木加上

少量的铜和铁

当然，梦想和语言

必不可少，还有时间

正面或侧面的

光线与阴影

我

突然

想到了

凌空乌鸦

以数不清的

成群结队的乌鸦

搭建起一座摩天塔

一座不断生长的塔

一座变幻的巨塔

一座翻滚的塔

比巴比伦塔

还要危险

还要高

还要

美

10. 学习爱

苦难的象征者
成了爱的使者
乌鸦，让男人
和女人相爱相亲

翅膀轻轻抚摸
耳朵长于倾听
带来星辰和火种
照亮不朽的爱情

温情的反哺之喻
让衰亡不再悲伤
我们要爱万物
爱父母爱孩子

在爱和苦之间
乌鸦所能表现的

情感，我们到底

还要学习多久

才能抵达

自然本身的高度

才能领悟粮食

背后的真谛

11. 乌台

实在是一种巧合
我相信，乌鸦
不会对人类的
制度感兴趣

乌鸦喜欢的是柏树
枝繁叶茂的柏树
从不凋谢，柏树的
香味，别有含义

足以抵抗建筑中
散发出来的
另外一种气味
死亡的气味

杀戮的气味
阴谋的气味

腐朽的气味

帝国的气味

审判与被审判

粉墨戏台越千年

比群鸦本身

还要纷纭一万倍

12. 瓶里的乌鸦

决定的时刻终于到了
乌鸦，乌鸦，乌鸦
把漆黑身体当作最后一颗
滚烫石子，狠狠投进去

前辈也曾勇敢地
做过类似决定，意志的
较量！大海和瓶子
仅仅是形状不同而已

乌鸦和雷霆越聚越多
更暗的野心更黑的理想
从瓶子光芒中心，啼着血
一直扩向全世界

犀牛和孩子

我住在你那里，却未曾抚摸你

我周游了你的疆域，却未曾见过你

——［阿根廷］路易斯·博尔赫斯

忧伤的白犀牛

白犀牛名叫苏丹

阿拉伯语中的王者

事实上也是

白犀牛仅次于亚洲象

属陆地上第二大哺乳动物

苏丹的家在北方

很北的北方

四季分明的北方

十六年前的苏丹

从一个叫捷克的共和国

踏着盛大的荷尔蒙云朵

不远万里来到

春心荡漾的肯尼亚

（白犀牛白犀牛

忧伤的白犀牛

谁是最后的白犀牛）

在炎热的异乡

被大裂谷劈为两半的

丰饶大陆

苏丹的目的只有一个

拼命地交配、做爱

让白色喷泉

注入雌犀牛的巨型子宫

仿佛整个人类的繁殖之梦

整个雄性的千秋功名

成与败，荣与枯

就在此一举

（白犀牛白犀牛

忧伤的白犀牛

谁是最后的白犀牛）

从前的白犀牛时光

多么美，多么自由啊

三五成群啃草、漫步

于暴雨初歇的溪流旁边

将蓝天、彩虹、游鱼

和犀牛壮丽的倒影

一齐吸进胃里

横行江湖的大佬

那种唯我独尊的霸气

足以令饿狮们退避三舍

（白犀牛白犀牛

忧伤的白犀牛

谁是最后的白犀牛）

在广袤的大自然

白犀牛素来无敌手

它们的敌人只有一种

就是我们：人类

最不可理喻的生物

人类仅用半个世纪

就将荒野豪族屠杀殆尽

从 2360 头到最后一头

白犀牛的血

染红了万里北方

生杀轮盘赌，转动一瞬间

在灭亡来临之前

我们，这些人类

又从魔鬼变成了天使

从杀手变成了救星

（白犀牛白犀牛

忧伤的白犀牛

谁是最后的白犀牛）

苏丹用余光扫了一眼

斜挎在守卫者肩上的家伙

全身突然一阵痉挛

冰凉的准头、铮亮的枪把

以及摁进膛里的子弹

对于苏丹并不陌生

在捷克共和国的丛林

苏丹最要好的朋友

一只耸立着长剑般独角的

雄性白犀牛

就是被这家伙命中的

两颗壮硕的睾丸

戳破的红气球

飘落在血腥的天际

苏丹转过身体

它不相信：毁灭与重生之火

会从同样的枪管吐出

（白犀牛白犀牛

忧伤的白犀牛

谁是最后的白犀牛）

岁月何匆匆

俯仰之间苏丹已经43岁了

顶多还有五六年光景

一头垂暮之年的庞然大物

看上去竟然楚楚可怜

四肢微微弯曲

难以支撑沉重的身体

硕大的头颅尤其让人忧惧

一座崩溃的岩石

不断低矮衰落

（白犀牛白犀牛

忧伤的白犀牛

谁是最后的白犀牛）

荒芜中顾影自怜

40 个持枪勇士

守卫着一只仁慈的猛兽

苏丹隐忍地喘着粗气

曾经雄浑饱满的屁股

那伟大的力之基础

已经塌陷枯萎

一堆松散寂寞的赘肉

形同一片落日废墟

哪儿还有咆哮的激情和精血

在非洲大陆东部的肯尼亚

续写白犀牛辉煌的历史

绝种的末路狂想

偶尔会闪现雪山之神

和白皑皑的祖先

（白犀牛白犀牛

忧伤的白犀牛

谁是最后的白犀牛）

现在，除了一刻不停地老去

苏丹一无所有

曾经傲视百兽的武器

所向披靡的犀牛角

刺穿大象腹部的利刃

出于种种安全考虑

早被人们锯断

电锯与角质猛烈摩擦

崩出串串火星

和烧焦皮肤的难闻气味

人们以保护之名

行残酷之事

而去除犀牛征战的独角

也就等同于阉掉

雄性的意志

（白犀牛白犀牛

忧伤的白犀牛

谁是最后的白犀牛）

在中国，阴暗的药店里

犀牛角层层包裹在

柔软的丝绸里

按李时珍的说法：犀角

犀之精灵所聚

故能解一切诸毒

千金秘角的身价

从每公斤 1700 元人民币

陡涨至 47 万元

在中东，昂贵的钻石宫殿

年轻的王储旋转着

镶嵌白犀角把柄的

蛇形匕首，太阳的光芒

自犀角端的中心

向四周扩散、隐现

生命哀歌的精致纹样

（白犀牛白犀牛

忧伤的白犀牛

谁是最后的白犀牛）

在肯尼亚，借着峡谷月色

苏丹独自察觉变形镜像

光秃秃的鼻腔周围

显得异常空虚

苏丹伸出宽厚的舌头

努力向上卷曲

试图舔湿干裂的伤口

一块圆形切割茬痕

正在慢慢愈合

奇妙的是：新的犀角

正在向外界胆怯地

顽强地生长

苏丹既惊又喜

但是，这头白犀牛心里明白

它也许等不到那一天

等不到犀利的角

再次怒放那一天了

（白犀牛白犀牛

忧伤的白犀牛

谁是最后的白犀牛）

厄运接踵而来

苏丹，虚无的统治者

不仅妻妾难成群

子嗣也无踪影

白犀牛家族的香火成灰

苏丹的兄弟

唯一的战友苏尼

已于去年秋天死去

苏丹，失去同类的老英雄

成为滞留人间的孤魂

（白犀牛白犀牛

忧伤的白犀牛

谁是最后的白犀牛）

守卫即自赎

绝望践踏希望

荒诞的戏剧场景

定不会是孤例

在沙漠、草原、大海、河流

甚至乡村或城市

悲情必将重现

故事虽然波诡云谲

但悬念逐渐清晰

保卫者与被保卫者

不断交换着宿命的位置

（白犀牛白犀牛

忧伤的白犀牛

谁是最后的白犀牛）

消亡的脚步让大地颤抖

叱咤风云的白犀牛

行将偃旗谢幕

40 条全自动步枪

虽然可以击退盗猎者

却无法击退苏丹心中的

孤独：一支苍翠的荆棘

来自另一种形式的独角

正在异军突起

美丽又锋芒

只不过这一次

最后一次

刺穿的不是敌人

而是自己的心脏

（白犀牛白犀牛

忧伤的白犀牛

谁是最后的白犀牛）

两颗

无比壮硕的睾丸

被 7.62 毫米口径的子弹

戳破的红气球

飘落在血腥的天际

（白犀牛白犀牛

忧伤的白犀牛

谁是最后的白犀牛）

拾孩子

1

小时候，在田野间
我们拾过麦穗、稻子
运气好的时候
也拾过新鲜的鸭蛋
生锈的铜钱
和天上落下的星星屎
长大了，在城市里
我们拾过青春、爱情
热血的时候
也拾过伟大的理想
幻灭的书籍
黑夜中的雪花与银子

2

拾荒老人楼小英

拾到的就多了

一生都在拾东西

弯腰俯拾的时间

甚至要远远多于行走

在污秽的水渍中

看见黎明升起

又在腐朽的空气中

拾回落日、云烟

啤酒瓶、旧报纸、碎玻璃

泡沫、皮革、电线、钥匙

还有发霉的饼干和糖果

这些，是她和家人

生活的全部来源

活下去的希冀

3

如果能捡到半斤

贼亮的黄铜丝

或一箱变质的方便面

那无异于发现一座

月光下的宝藏

足以让楼小英开心

几个月的意外收获

常人任意施舍的恩惠

对于拾荒老人来说

竟是人生难得一相逢

世界的构造

多么精密又偏心啊

我们抛弃的

正是别人梦想的

一条残酷的生物链

穿过虚伪和良知

4

各种赖以活命的物质

与 44 年前那个风雪黄昏

楼小英拾到的

第一个孩子相比

都显得那么

那么琐屑那么冰冷

生命实在太昂贵了

即使是装在鞋盒子里

丢在粪池中的孩子

也无比的昂贵

无物堪比拟

5

拾到小麒麟时

他可真小啊

比垂死的小猫还要瘦弱

还要令人心碎

一颗细小的心脏

就要跳出单薄的胸腔

一朵微弱的火苗

眼看就要熄灭

身上残留着脐带

表明也是人母所生

这位披着母亲华服的母亲

扔掉废屑般，把亲生骨肉

扔进医院垃圾箱

身上没有挂上哪怕一丝

东阳土布的襁褓

楼小英俯下身去

望着赤裸乌青的可怜虫

像菩萨凝望

怀中的莲花童子

6

楼小英的家

没有完整的东西

就连暂避风雨的五里亭

也是用残砖、败絮

和塑料布搭成

无论有多大的想象力

也难以想象：百年破屋

一间清朝留下的凉亭

由于一位苍老的

拾荒母亲的顽强存在

（一度还背上贩婴

或破坏计划生育的罪名）

成为弃婴的

乐土

7

十几个脏孩子

每天傍晚依门眺望山头

当佝偻的身影

随着巨大的箩筐出现在天边

孩子们泥鳅一样活跃起来

钻进褴褛的怀中

钻进母亲背回的破世界

这时，楼小英坐在旁边

欣赏着满地乱滚的孩子

如同工笔大师

欣赏着瓷器上的百子图

这时，荒芜的五里亭

犹如一面尘世的镜子

映照着欢乐、悲伤、爱情

也映照着时代疮痍

以及活着的痛楚

8

楼小英声音很小

由于早年患过喉疾

说话轻如耳语

其实，天下的母语

大多时候都是如此

我一直觉得

母亲爱怜的语言

是来自另一个星球的秘密

来自水星或仙女座

沉默、呢喃而又坚定

只有她的孩子

才听得懂真谛

9

也有例外的时候

当有人责难楼小英

养活自己都难

为啥还要养别人的孩子

楼小英突然吼道：我们

垃圾都捡，何况是人！

那声音好大

胜过五月的炸雷

人们迄今记得

那是她唯一一次大声说话

仿佛不是出自楼小英之口

而是出自愤怒的菩萨

10

像所有的母亲一样

楼小英为每一个拾来的孩子

取上好听的名字

这种命名行为是神圣的

造物者为万象命名

名字是儿女们

活在世上的证明

楼小英要他们

光明正大地活着

拥有自己的尊严和性格

方方、圆圆、晶晶、菊菊

法天象地，明净如花

男孩子健壮

如传说中的麒麟

女孩子当然要美貌天成

16 岁的美仙，名字最好听

正从山里捧来雪水

喂养弟弟妹妹们

11

每个女儿出嫁时

尽管生活艰辛

无法置办成套的妆奁

无钱订制浪漫的嫁衣

楼小英仍然要竭尽所能

为女儿们购买

一个印花的脸盆

一个木制马桶

并且，亲手缝制一床被子

彻夜刺绣一对戏水鸳鸯

还有一丛青翠的并蒂莲

期待女儿和夫婿

相亲相爱度一生

黎明到来，养女方出阁

由哥哥张福田背出门

张福田是楼小英的独子

40多岁仍孑然一身

12

再伟大的母亲

终究要离开孩子

苍白的病房中

楼小英望着一张精致贺卡

从英国寄来的祈福

遥远的英国在哪儿

楼小英并不怎么清楚

她曾在黑白电视机前

见过那个陌生国度

楼小英还记得

那儿好像有一座巨大的钟摆

还有一条美丽的河流

她的女儿费莉希蒂

住在种满草莓的庄园里

雪白的大檐帽下

半掩比草莓更红的笑脸

楼小英嘴角努力地

向上微微翘了一下

那是天下幸福的母亲

惯常浮现的表情

13

长明烛照耀着

楼小英生前的家

透风的老墙上

纵横粘贴着 35 张照片

91 岁的楼小英

拾荒的送子观音

44 年拾回 35 个孩子

让肮脏的世界

绽放 35 朵干净的莲花

14

4 岁的囡囡走过来

呆望着楼小英的遗容

然后上前轻吻

相片中山崖般的额头

似乎是在亲吻

刚刚睡去的母亲

也许，小女孩

还没有弄明白死亡

到底意味着什么

15

秋风如水

日月不息

浙江金华东关公墓

9 岁的小麒麟

蜷卧于楼小英的坟前

像一只古代的

守卫灵魂的石刻瑞兽

守卫着拾荒的母亲

和更加荒寂的苍茫世界

春天的草木

给我你那遥遥领先的

灯芯草之手吧

——［法国］勒内·夏尔

春天，春天

1. 春雷

不是在天上滚
也不是在头上炸
而是紧贴着耳朵
贴着耳膜

透明的爪子
拨开一丛丛汗毛
以声音和速度
之槌轮番起舞

宇宙的重金属
全都聚集于此
都来耳中怒演
虫子的乐谱

直到把自己耳朵
万物的耳朵

敲打成一面面

春天的战鼓

2. 春天的燕子

青城山的细小建筑师
偏爱蓝色和石头

并在荆棘和细雨中
弹奏勇敢的蓝调耳语

无论是荒原、峭壁
还是诗人的飞檐

燕子中的贝聿铭
只要想，只要愿意

哪儿都是施展营造才华的
巴黎卢浮宫

3. 春天的鱼泡泡

獭，只是想认真研究一下
江河与月令的馈赠

一条条受伤的
流着鲜血，垂死挣扎的仪鱼

在滋润万物的雨水中
还能够挺住多久

挺住，意味着一切
挺不住，又意味着什么

獭，终于累倒在岸边
吐出一串春天的鱼泡泡

4. 咬春

獭的春天

是用永不知足的心

和尖利的牙齿

咬出来的

咬得死的

算不上春天

咬不死的

才是灿烂春天

罗列的鱼阵

不过是温柔时刻的残酷幻象而已

5. 春天的大象

隔着玻璃或栅栏

无论是狮子，老虎，犀牛

还是河马，黑熊或者美洲豹

无一例外地背对着人们

寂寞背影，我读到彻底的厌倦

只有一头雄伟的断牙大象

春天的大象面对面，两耳迎风

山岳一般屹立在万众头顶

仿佛是要看清，每一张

囚禁者和观赏者的脸

6. 春天的白虎

最淡的是真相
最深的才是世间幻影

寂寞中踏响轻雷
挚爱一生的白色轻雷

转身离去，却像一个
传神的虚词，条纹中的巫师

最重的是浮云
最轻的才是不朽华章

白虎啊白虎，你是我
不可救药的春天、烈焰和灰烬

7. 春天的大海

春天的大海有点儿苦
如果你有结晶的技术
就一定能够找到盐

春天的大海有点儿色
如果你有染料的作坊
就一定能够得到蓝

春天的大海有点儿浪
如果你有渡水的木筏
就一定能够看到岸

春天的大海有点儿远
如果你有灵敏的耳朵
就一定能够听到春天

无边无际的怒吼

无穷无尽的低语

无始无终的沉默

8. 春天的星星

许久许久没有

亲自看见星星了

这亘古的存在

无数发光的宝藏

在堆满金山银山的中国

久仰的稀客啊

看见一颗春天的星星

仿佛看见苍穹中

一只熊猫儿

9. 春天的贼

大自然的裸体
春天的乳房

对于一个有贼心
没贼胆的人来说

简直就是一种
致命的刑罚

但是，春心荡漾的时候
谁又不想做一回贼呢

10. 春天的扑克牌

春天的手法，纸的哑语
总是闪闪烁烁

梅花打到桃花
红桃，打到黑桃

少女打到皇后
胜局，打到败局

唉，春天的扑克牌
比春天的情欲还要难以猜测

11. 春天的幸福

细小得不容置一词
又那么辽阔，望不到尽头

你得拼命往前蹚
如同铁马蹚过冰河

原来，春天的幸福
是一毫米一毫米蹚过来的

生命的日晷啊，只有你
才能显示如此惊心动魄的精密尺度

12. 春天的卦象

量子物理学家告诉我
每一种事物都不是孤独的
都有一个，或无数个
相互对应的分身

它们在哪儿？
我是那么急切地想见到
那些与我息息相关的
永无相见之日的故国

这样一想，就不再孤独了
每爱你一次，就有几何级数的爱
向你涌来，我们心之所及
只是春天的卦象而已

13.　春天的大诏令

夕阳如赤豹

从意味纷繁的西边

发出不可逃遁的命令

它的臣民

无尽的群峰和楼阁

万物的羚羊

俯首听从命运的安排

在漫天的晚霞中

不敢吭声

我决定

落在自己的王座上

颁布一道无比灿烂的大诏令

草木歌

1. 灯芯草

很多事物都是注定的
不仅仅是人类的命运
包括一棵草。比如说
灯芯草：绿色的外衣
虽然浑圆却必须剥掉

露出雪白，裸出姣好
这，才是世间的所爱
白天的植物，为夜晚
抽丝、燃泪。为诗人
和黑矿工，打亮灯罩

那样弯曲，如此轻弹
浮水不沉触目不惊心
请别在失眠、哭泣时
才想起，救命的乱草

2. 杯中枯荷

一朵早已死掉的荷

又活了过来

沸腾的玻璃灼伤手指

扼杀一切植物的高温

此时成了复苏的必要前提

清澈的白焰

缓慢抻开一角料峭褶皱

早被骄阳烧焦烤脆

的去年夏日小伞

从枯黄变得翠绿

一张初生的脸

惊悸又娇艳的罗裳

在三圣乡的午后升起

好了现在终于可以啜饮

不死的芬芳

天牛榨尽最后一滴露水时

我将杯中的残骸整个吞下

如同吞下一座热烈的荷塘

以此铁石心肠

重植生活的意义

3. 一万棵苏铁

争夺光源的灌木、杂草
长得够快，够疯
还有，那些靠吮吸绿色
血液维生的介壳虫

一起来吧，风再高些
让世界见识一下
谁，是不可阻挡的
谁，才是真正的英雄

连大地都烤焦了
只有苏铁，古老的勇士
在五百度高温处方中
珍藏苍翠的心脏

灰烬中醒来
看啊，一万棵苏铁

发出阵阵怒长的

咆哮

4. 落日枯葵

低下漆黑的脑袋

低下被光芒烧焦的碳化面孔

倔强地站着，看来

死亡并不能让所有生命倒下

曾经驱使不停转动的

火红巨轮，甩在身后

再也不会

为之回半个头

5. 苔藓的力量

就算落到黑暗尽头

无力仰望星斗

又有什么可怕的

只要抓住一片岩石

一缕游丝般的决心

悬挂于森林缝隙

漂荡于暗流中的苔藓

下等又古老的生命

能以自己的方式

积聚微小力量

沉默地自我修复

顽强而缜密的苦行者

在践踏和唾弃中

以反复枯荣获得重生

腐朽的象征，恰恰是

太阳的另一种表达

绝壁寒窟的柔软怀抱

有时，还会收听到

来自上苍的私语

6. 种稻子

田里能长出来

大海也长得出来

把稻子种到海边去

在硒、盐和苦碱中

长出红色的稻子

海边能长出来

天空也长得出来

把稻子种到天上去

在乌云、雷电和尘埃中

长出黑色的稻子

天空能长出来

诗歌就能长得出来

把稻子种到幻想里去

在节奏、赞美和阳光中

长出汉语的稻子

7. 野花啊

想念叫不出名字的
野花啊，我的野花
许久许久没有
看见心爱的野花

多么后悔曾光着脚板
踩死怒放的小生命
从未吭一声，沉默的
野花啊，我的野花

那遍地的蜂狂
那满山的蝶醉
野花啊，我的野花
眨眼就不见啦

没有野花的日子
所谓的春天或爱情

都只是徒有虚名

野花啊，我的野花

8. 兽面

就算最戏剧的假面

最妖娆的人面

也相形失血

只有一些兽面

猫面、豹面、狐狸面

或可与之匹敌

纯洁的野兽

来自星星的野兽

叫春的圆眼睛和花纹

永远那么任性

把一条条山脉烧红

把一朵朵桃花叫醒

9. 石榴

院子里的石榴树

开花的时候，每天

都有大大小小的花朵

从树上掉下来

照那个掉法，迟早

会掉个精光

就在我的忧虑之中

渐渐出现了果实

并且越来越多，越大

果实中也有掉下的

砸在木台上

咚的一声

原来，石榴是这样长大的

不断地掉，不断地落

只留下最结实的

夏天的火焰，终于

从翠绿的嘴中

吐出

10. 枣核研究

寻常事物亦有神迹
玛瑙或微型的绛色塔
从落叶乔木中长出来
青涩的光芒，一直扎进
枣子最深的黑甜里

噙于口齿之间正好
上演益气生津的宛转杂剧
问题也就出现于此
反舌鸟总是噙着一枚
充满歧义的虚词

破晓时分，秘密的处子
已吐纳成枝叶扶疏的暗器
成熟的力量不易察觉
回味中的刺痛，令人想起
无所不在的生与死

我试图拼命嚼碎沉默的

枣子核心，却听见

坚胜金石的植物之风骨

发出异响：如同雪山

亮出黄金或苦修的隐士

11. 树的痛苦

为了获取夜晚的独特美感

各种树的躯干、枝头

一圈儿一圈儿匝满

照明的绞索

当红男绿女穿梭于光的牢笼

吐着蛛网般的骚话时

流泪的植物林冲，正押向

风雪山神庙

没有人去理会，被光明捆绑着

那种璀璨的痛苦，是一种

怎样刻骨铭心的

非人痛苦

12. 叶子都得落

叶子都得落

没有不落的灯塔

没有不落的

永生叶子

落叶乔木的叶子

你们看得见

落叶乔木的叶子

美人一样落下

叶子都得落

没有不落的帝国

没有不落的

永恒叶子

常绿乔木的叶子

你们看不见

常绿乔木的叶子

影子一样落下

13. 宇宙的樱桃

用斯皮策望远镜
捕捉一团夺目星系
如同从繁华的树上
摘下熟透一枚

越红的离我们越远
越白的越近。和爱情
不同：越红的越甜
越涩的就越青

这颗宇宙的硕果
想要看它一眼
不容易：一秒钟之前
突然发亮的样子

得有足够的耐心
还要有足够的时间

85 亿光年，有多远！

对于人类已毫无意义

下一秒会如何

存在之外的存在

想象之外的想象

比太阳大一千万亿倍的

樱桃，转眼即腐败

再没有什么大不了的

不如开怀痛饮星辰

酿造的无穷美酒

山中观音

你身上却已开始长出

比太阳更高的东西

—— ［奥地利］赖内·马利亚·里尔克

山中问答：火

1

苏门先生

嵇康来山中寻你

十二个季节

一千多个日夜

为你汲取泉水

驱逐虎豹

并把每一片乱石

都擦得锃亮

比明月还要亮

时间好快

又要降霜了

2

孙登望着

碧玉一样的暮色

将右手食指弯曲

噙于口中

在唇齿之间

构建一道奇异的

声音河谷

只需从最里面

从肺叶的翕张中

噏取一股清流

轻轻吹

吹向云霄

吹向昏浊的时代

万籁俱寂时

我作鸾凤鸣

3

苏门先生
三年啊
你从未对我说一句
哪怕只是
哪怕一个字
我就满足了
难道
那高亢的纯音乐
不可方物的口技
就是你和我
你和世界交谈的
唯一方式

4

孙登收回

放浪形骸的思想

目光落在嵇康

瘦削空旷的脸上

专注又陌生

仿佛从未相遇

洞察的力量

无形的审视之刀

以沉默的锋

磨亮万物

5

芒刺

嵇康第一次感到

再强大的心

也是可以刺穿的

秋夜冷落

山中如遗世

银色镀满虫声

落木萧萧

嵇康转身作出

一个决定

6

背上琴囊

像三年前初入此山那样

他知道这儿

有一把绝无仅有的

独弦琴

却能演尽无常繁响

稽首叩拜

强忍住悲伤

高士不容泪水

打湿岩石

7

孙登再次抬起右手

嵇康知道

接下来发生的事情

他甚至看见了

丰沛的漩涡

正在汹涌

但是这次

他听见了

一个字

8

晦涩的秋壑
开碑裂帛
火!

9

嵇康与孙登对峙

像两座青峰

两柄宝剑

两棵枯树

两个孩子

两尊神

两朵

火

10

亲爱的叔夜

你见过火吗

今夜我们将永别

此生不会再见

没有什么堪馈赠

叔夜

火是我们唯一

永恒瑰宝

葱茏的林木

皆无比短暂

11

时光熠熠生辉

苍山如大海升沉

嵇康心中激荡着

以三年青春岁月

点燃的火

是啊

得重新认识

这跳动的炽热花朵

以木石纸帛金属

影子灵魂星宿

寄身的火

12

黑暗收藏着种子

灰烬播撒光明

燔悟之火是如此美丽

燧石凿取灼灼诗篇

恰在此时

响彻古今的

鸾凤之音

从高处

熔金般倾泻

山鸣谷应

并在霜晨

和嵇康眼底

擦出大火

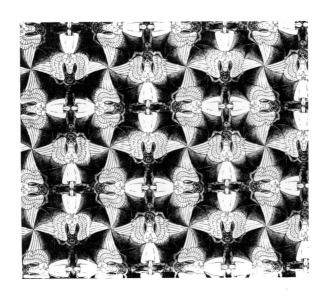

十一面观音

1. 杨柳

指尖之物

可明目

亦可漱石

不仅柔韧、味涩

且阅尽枯荣

生命力旺盛

只需洒一点水

洒一点风或阳光

无论是瓶子

还是沙漠

春天就会涌现

2. 持经

阅读多么重要
阅读韦编、桑麻
阅读雕版和卷轴
阅读朝云、暮雨
阅读乱世和眼泪
诸神也要阅读
手不释卷的菩萨
看上去更像一位
美丽的乡村老师
我的母亲

3. 水月

造物者即艺术家

充满象征的身影

游于天地、戏于永恒

所有的水贮满月

所有的爱洋溢

所有的生命

拥有尊严

我们终将获救

终将获得

梦想的福祉

我们

终将抵达光明

4. 飞瀑

垂直的力量

不可思议的帷幕

或翅膀

从高处落下来

夜色落得更快

深渊落得更深

悲伤落得更绝望

美落得更美

不断踏落的铁蹄

一直落到

知识之外

5. 鱼篮

鱼儿活在江湖

也能活在青竹编织的

小小世界里

一尾金色鲤鱼

一尾弯曲光斑

张着玄珠的小嘴

在竹缝与水滴之间

轻轻呼吸、跳跃

如同孩子在操场上

表演各种好看的

艺术体操

6. 青颈

只有豁出去

万物中的雪和白

才能接纳世间的苦

以及恒河沙，病与毒

最割舍不得的天鹅

比爱情明亮的地方

正在一点一点变暗

如是我闻：用青黑的颈子

换取一幅雪白世界

7. 一叶

莲花不须多

只取

最弱的那一叶

就足以蹈过

大海

琉璃不须烧

只取

最暗的那一片

就足以照透

大地

8. 蛤蜊

即使是一只

任人捕获的小东西

也饱含苦难

孕育沧桑之变

蛤蜊所吐出的彩虹

是唯一可以和诗歌

和灵魂和菩萨

相提并论的

光辉词语

9. 云上

坐在云端上

树立起左膝

这样可能更舒适

更接近云的形态

仅仅是变换一次

抒情的坐姿

就改变了天空

改变了雷霆和闪电

也改变了

我们的生活

10. 多眼

只要足够认真

足够真诚

我们就能从蜻蜓

从蚊蝇从腐朽中

看见真相

看见能看见的

看见看不见的

真相

11. 阿摩提

火焰和怒吼

是可以控制的

可以呈现出

任意的形状

白色狮子的形状

凤凰的形状

鱼和鸟的形状

箜篌的形状

爱的形状

思想的形状

灵魂的形状

那些岩石或海水

可能是另一种

秘密的火焰

尾　声

记忆，我想是一个替代物
替代我们在愉快的进化过程中
永远失去的那条尾巴

——［美国］约瑟夫·布罗茨基

尾巴之歌

1

我曾喜欢一个名字
叫尾巴的人
我曾阅读一本名字
叫尾巴的书

2

尾巴啊尾巴

一切玩具的祖先

游戏精神的命脉

艺术与诗歌的端倪

3

最灵动的语尾助词

最初的最后的

爱情器官

4

两根相爱的蛇
尾巴发出咝咝
咝咝的响声

5

尾巴的小东西
天生一副银剪子
屡次申请出任
春天的裁缝

6

蜻蜓由两部分构成

埃及的眼睛

在琉璃中眨着幽光

东方的尾巴

在池塘的上空

表演杂技

7

我最喜欢

花喜鹊的尾巴

不论打开还是合上

都那么好看

打开是扇子

收拢是短剑

完全符合

造物的尺度

8

想象中的猎物

或想象中的朋友

遥不可及的尾巴啊

穷追一生

也不会后悔

9

你永远找不到

沃夫的脸

找到的是一小截

神出鬼没的

尾巴

10

为了让一只狗

闻到回家的路

人们会砍断狗尾

埋于门前：腐朽的尾巴

成为迷途者的灯塔

11

只要沿着妈妈尾巴

搭建的梯子

就能爬上

比月亮还亮的瓦房

爬上想去的

任何地方

12

森林举起

毛茸茸的尾巴

反复敲响

果壳里的

露珠

13

亲爱的兔子先生

从不以尾巴自卑

短有短的好处

适宜钻研洞穴

不留痕迹

14

尾巴的巫师

仅以弯曲的尾钩

就把水中满月

和神仙鱼

钓上岸

15

影子帝王

不知道去了哪儿

诗人和哲学家

迄今仍在争论

一尾或九尾的

玄学问题

16

一头金色雄狮

用威风的尾巴

统治草原

和狮群

17

听说

豹子的尾巴

除了作为诱捕

道具之外

还有诸多不为人知的

神秘用途

18

那只坛子呢

不是田纳西州的坛子

而是火炉边的坛子

火红的尾巴

可怕的尾巴

越烧越旺

19

请别忘了
没有尾巴
就没有
风中骏马

20

美丽的人

为什么总是

梳着马的尾巴

目的并不在于平衡

或驱赶

寂寞的苍蝇

21

松树
把所有的叶子
修剪成奔腾的
背影

22

玻璃缸中
取悦人类的美感
早就超越了尾巴
全部的含义

23

水面上写满

成群结队的小逗号

如何摆脱

符号的尾巴

是成长中

首先面对的问题

24

一朵巨尾

一朵银色的花蕾

蓝色鲸鱼农夫

猝然亮出

犁破大海的

铧

25

只有孤单的水牛

站在梯田里

光秃秃的尾巴

唱着一支

哑歌

26

有的东西

本身就是尾巴

比如钻洞的火车

拐弯的河流

27

飞机瞅了一眼

金属灰的尾巴

还不够耀眼

就让天空翻卷出

风云装饰的

尾巴

28

扫帚的亮尾巴

扫过宇宙的尘埃

扫过人类的梦

29

幸福的尾巴
握在痛苦手里
光明的尾巴
握在黑暗手里
真理的尾巴
握在谁的手里

30

作为脊柱的衍生品

从末梢上升到

中枢神经

尾巴始终晃动着

思想的影子

31

所谓隐士

就是把尾巴

隐藏起来

如同烈焰

隐于灰烬

32

伟大的庄子

不过是条裹在泥浆中

让人又爱又怕的

乌龟尾巴

33

记忆

是我们一生中

最短促的

尾巴

34

忘却

是我们一生中

最漫长的

尾巴

35

我要赞美一个名字
叫尾巴的世界
我要歌唱一首名字
叫尾巴的诗

存在之诗与思

叶橹

作为一个不时写些有关诗歌文字的人，我自然会比较关注一些诗歌创作中的现象。在日常的阅读中，有读到优秀之作的喜悦，也会有对平庸之作的厌恶。然而给我留下深刻印象的诗，却往往是那些令我"绞脑"之作。它们在我初读时或一知半解，或迷惘困惑，但在"绞脑"之后，终于恍然有所悟而深受启迪。最近读到向以鲜的《生命四重奏》，使我又一次获得这种艺术的感受。

我虽然以前也读过他的一些诗，却一直把他主要视作一个学者。读了《生命四重奏》之后，似乎要改变自己的观念了。

《生命四重奏》是一部奇异的长诗，它的结构，融叙事、想象、抒情于一炉，全诗建立在一种对人的生存发展过程中宏观把握的基础上，而在进入诗的叙述时，处处以微观的具象和意象出之。向以鲜作为学者的丰富知识积累，使他在宏观洞察与微观叙述中得心应手。他在诗前所引的"多识于鸟兽草木之名"和"经历所有的生命，穿越所有的黑暗"，似乎成为指导其创作这部长诗的座右铭。因此，我们在进入这样一部鸿篇巨作时，首先得从它独特的切入方式来领悟其艺术意图。

　　长诗以"金鱼与乌鸦"为开篇，这似乎符合他的"多识鸟兽"的创作主旨。然而我们也从中隐约地领悟到，在金鱼和乌鸦的具象后面，必定隐含着一些意蕴。只是这些意蕴会以什么样的艺术方式呈现在人们面前，则是一时难以猜透的悬念。

　　进入"金鱼笔记"的阅读时才发现，原来种种关于金鱼的来源的故事和传说，不管是事出有因还是查无实据，其实都不具有考据的意义和价值。因为"金鱼"在成为诗的意象之后，已经不再是实物中的具象，而成了具有丰富复杂的生命内涵的象征物。所以，我们在审视诗中的"金鱼"时，将不再纠缠于那些故事和传说之是否真实或虚浮，而是只将其作为诗人所创造的艺术形象来加以品读和观看。

当"金鱼"成为诗的意象时，它不再是人们眼中的生物，而是被赋予了社会内容和生命过程的复合体。具备了这一特征的诗的意象，让我们能够用历史和现实的目光来加以审视，其缤纷复杂的多变性，自然就是我们所关注的"象征物"。

那么，向以鲜笔下的"金鱼"，究竟具备一些什么样的品质呢？它是"源自溪水中的小天使／偶尔会因环境而改变颜色／这种本性却让人发疯"；又是"仿佛打扮出阁的新娘／痛哭的珠泪砸碎镜子"；还是"江湖儿女萍踪云雨／人工饲养的舞蹈家"。那么，一旦成了气候，在"鱼戏的天堂／或地狱"里，又是什么景象呢？首先"必须足够小／最好是一只／握于掌中的瓶子／或和珅琥珀书桌下面／那片高仅三寸的／水晶抽屉／小到鱼儿／不能自由突击／不能勇猛穿行／将本来的梭子与利箭／磨成浑圆的／蛋"。这就是金鱼的生存环境的艺术观照。

由此而生成的各色鱼种，自然也还各具特色和风姿。

至于是些什么样的特色和风姿，还是让读者在诗中品读罢，我只引出其具有结论性的诗句：

> 万物皆镜
>
> 鱼儿的脸
>
> 是镜中
>
> 之镜

不妨再读"乌鸦别传"。据向以鲜所言："有时候 / 观察一只乌鸦 / 比打量一面镜子 / 来得更加真实"。确实如此吗？乌鸦向来被认为是不祥之物，人何以会从它身上认识更加真实的自己？原来，这里的"自己"，只是"镜中"的自己，根据"万物皆镜 / 鱼儿的脸 / 是镜中 / 之镜"的原理，这个"自己"的确是靠不住的。所以从乌鸦身上，也许能看到更加真实的自己。

如此看来，乌鸦真不一定是不祥之物。在向以鲜笔下，乌鸦是什么呢？"如果给一支笔 / 乌鸦一定是诗人 / 如果给点颜色 / 乌鸦一定是画家"。对乌鸦的这种定性，似乎超出了人们的心理评估。然而只要从意象创造的角度审视，向以鲜在乌鸦身上着力的笔墨，实属别出心裁的设置。当他在种种场景中写出乌鸦的美丽和不幸时，仍然意犹未尽地为它设计出一幅图形诗，将之命名为"鸦塔"，可谓用心之良苦。向以鲜是在有意地将乌鸦作为一种对立物呈现在庸常社会的面前。它的图形，不仅是一种展翅飞翔的形象，更是以个体的集聚而形成的强大集体的象征。从而达到他要表现的塔的高与美的境界。当然，既高就有危险，既美则必遭丑的仇和恨。在乌鸦身上，向以鲜寄托着如此挚爱的情怀，自然有他的心理依据。在他看来，乌鸦是"苦难的象征者／成了爱的使者／乌鸦，让男人／和女人相爱相亲"，因而"带来星辰和火种／照亮不朽的爱情"。至于当乌鸦"把漆黑的身体当作最后一颗／滚烫石子，狠狠投进去"时，不管爱是大海或者瓶子，其光芒都会"啼着血／一直扩向全世界"。

　　从向以鲜对"金鱼与乌鸦"的不同笔墨中赋予的迥异色彩，我们不难体味其寄托的社会情怀。以不同的意象呈现和切入现实，是诗人独具个性的艺术构思，也是我们借以进入其整体的宏观结构的"第一步"。

　　"犀牛和孩子"这一章中，向以鲜陈述了两个不同的故事：一个是有关珍稀动物白犀牛的灭绝过程，另一个是拾荒老人楼小英的"拾孩子"。把这两个故事置于"金鱼与乌鸦"之后，显然具有另一层意义上的对照。

以"忧伤的白犀牛"为题来叙述其走向灭绝的过程，包含了向以鲜内心深处的忧伤。用"借题发挥"来形容诗人的心态，可谓恰如其分。在全诗的各章中，唯有这一节诗是抒情意味特别浓厚的。在夹叙夹抒的陈述过程中，诗人内心对于白犀牛充满深情与企盼的意愿，表现得特别强烈而执着。这个名为苏丹的白犀牛，"踏着盛大的荷尔蒙云朵 / 不远万里来到 / 春心荡漾的肯尼亚"，"目的只有一个 / 拼命地交配、做爱 / 让白色喷泉 / 注入雌犀牛的巨型子宫"，它的"雄性的千秋功名 / 成与败，荣与枯 / 就在此一举"。然而，"已经43岁"的苏丹，"除了一刻不停地老去"，已经"一无所有"，最终只能在：

两颗

无比壮硕的睾丸

被7.62毫米口径的子弹

戳破的红气球

这样一种悲剧中，宣告了白犀牛的灭绝。

而在人间社会，"拾荒老人楼小英"，除了"拾回落日、云烟"以及一切废弃物质之外，居然还不断地"拾孩子"，当有人责难她自己生活都很艰难还养别人的孩子时，她却答道："我们 / 垃圾都捡，何况是人！"当她把一个个拾来的孩子们养大出嫁之后，"91 岁的楼小英 / 拾荒的送子观音 / 44 年拾回 35 个孩子"的她，终于以"遗容"面对"9 岁的小麒麟"这个她拾来的尚未成年的小生命。而小麒麟则：

蜷卧于楼小英的坟前

像一只古代的

守卫灵魂的石刻瑞兽

守卫着拾荒的母亲

和更加荒寂的苍茫世界

仅仅从这两个故事中，我们看到：动物世界里的珍稀品种灭绝了，人间社会中的楼小英的孤魂被更加幼小的孩子相伴在荒寂苍茫的世界。人们不禁要问：这个世界怎么了？当白犀牛们彻底从地球上消失，当楼小英的善举不再受到社会的关注，人类社会的未来走向会是什么样的结局呢？作为诗人的向以鲜，他在自己的艺术构思中发出的信号并非杞人忧天，而是一记敲响的警钟。

当我们把视线转向"春天的草木"这一章时，会发现向以鲜的诗说方式有了很大的改变。他既不创造寓言，也不讲述故事，而是在不断地抒写一些断章，是长诗结构中的短制，仍然巧妙地呼应了那句圣人之语中的"草木"。

我们在阅读中会感悟到，正是这些看似不经意的短诗，使我们在分散性的艺术接触中，会潜移默化地接近一种众生视野的境界。在向以鲜笔下出现的诸多景象，其实呈现了芸芸众生对现实的诗性感悟。

在"春天，春天"这一节中，从"春雷"到"春天的大诏令"，诗人以十三首短诗写下了"春天"中的种种具象，这些具象成为诗的意象时，各自独立存在，有时又互为对应。这些彼此孤立的事物和意念所构成的繁复景象，正是"春天"的丰富和复杂的内涵。

　　且看"春雷"是如何生成的："不是在天上滚 / 也不是在头上炸 / 而是紧贴着耳朵 / 贴着耳膜"；"直到把自己耳朵 / 万物的耳朵 / 敲打成一面面 / 春天的战鼓"。诗人就是这样，他能够把外在的东西化为主观的感受，然后使雷声成为战鼓再响起来。

　　在"春天"的万物景象中，向以鲜瞩目于他所关注的具象，除了一般人常常关注的燕子，他还看到了"鱼泡泡"。燕子固然是飞禽中的"贝聿铭"，而獭却制造出鲜血淋漓中的"鱼泡泡"。这样的"鱼泡泡"有意味吗？不妨从《咬春》一诗中寻找答案："獭的春天 / 是用永不知足的心 / 和尖利的牙齿 / 咬出来的 // 咬得死的 / 算不上春天 / 咬不死的 / 才是灿烂春天 // 罗列的鱼阵 / 不过是温柔时刻的残酷幻象而已"。这也许就是对"鱼泡泡"的存在的呼应，也是对许多社会现象的精锐的诠释。

　　向以鲜笔下呈现的春天景象，有许多耐人寻味的社会内涵，需要读者自己细细品味。作为一部长诗中的片段，它在阅读过程中的短章性质，其实可以起到一种间歇性的纾缓作用。本来在阅读长诗时，一般读者容易产生疲劳感，而向以鲜似乎意识到必要的调节，是调动读者阅读情绪的一种方式，所以"春天，春天"这一节中，实际上是由多首短的抒情诗所构成的。它不仅是长诗中的有机组成，也是调节阅读情绪的必要手段。由此也可以见出诗人的匠心所在。

进入"草木歌"一节，我们会从一种众生视野的阅读场景中，深化为对众生存在的现实体验。如果说"春天，春天"是对诸多景象的感悟，那么，"草木歌"就是对现实存在中的众生体验的刻骨铭心的描绘。无论是复苏的"枯荷"在"可以啜饮／不死的芬芳"之后立下的决心："以此铁石心肠／重植生活的意义"；还是在"灰烬中醒来"的"一万棵苏铁／发出阵阵怒长的／咆哮"。我们从中读出的，都是对于历经生活磨难之后重生的信念。不过留给我最深刻印象的，还是《落日枯葵》：

低下漆黑的脑袋
低下被光芒烧焦的碳化面孔

倔强地站着，看来

死亡并不能让所有生命倒下

曾经驱使不停转动的

火红巨轮，甩在身后

再也不会

为之回半个头

    对于这种充满历史反思的现实感，应该铭刻在每一个人的心中。

    不仅如此，那些诸如苔藓、稻子、野花之类不起眼的事物，石榴、枣核、树和叶子，似乎都成为某种现象的隐喻。诗人正是在这些日常的平凡事物中，注入了他对现实的存在感，在存在感中具现了深入骨髓的体验。正如他在《宇宙的樱桃》一诗中写到的："下一秒会如何／存在之外的存在／想象之外的想象／比太阳大一千万亿倍的／／樱桃，转眼即腐败／再没有什么大不了的／不如开怀痛饮星辰／酿造的无穷美酒"。这是一种看透古今的彻悟，还是对未来世界的期冀？作为现实中的当代人，我们也许无法下一个定论，但是我们应该有自己的一个历史维度的思考。

还有一个细节也许可以提及，在"春天，春天"和"草木歌"这两节诗中，每一节都是十三首短诗构成，十三这个数字，似乎也是有其独特的意味的。

《生命四重奏》的最后一"奏"，也许就是步入禅悟的境界。在"山中观音"这一章中，向以鲜在借用典故的方式中，以嵇康对生命的感悟，表达了对于生命之火的尊崇：

　　黑暗收藏着种子

　　灰烬播撒光明

　　燔悟之火是如此美丽

　　燧石凿取灼灼诗篇

诗人在诗中用典，其实是借他人酒杯，浇自己心中块垒。作为读者，不一定非要去考证典的出处和详尽过程，只需领悟这种对生命之火的尊崇，就能够在诗性的感悟中把握住诗的脉络。当生命之火在一个人的内心燃烧不息时，他会在众多的具体感受中逐一领悟并消化这种生命燃烧的过程。在《十一面观音》中，我们会细心领悟它的具体形态。

所谓的"十一面观音"，就是在十一种具象或场景中，对于生命形式的十一种感悟方式。禅悟是感悟方式的高级形态。这种悟的方式，不是对某一种具体问题的醒悟，而是从根本上对生命形式的了然与觉悟。诚然，因为有一些具象或场景中，因为感悟方式的不同，其进入的途径会显得多样化。就本质而言，却是殊途同归的。

从积极方面说，悟的结果会提升个人的生活信念，像《杨柳》一诗所说的："生命力旺盛 / 只需洒一点水 / 洒一点风或阳光 / 无论是瓶子 / 还是沙漠 / 春天就会涌现"。或如《水月》一诗所言："我们终将获救 / 终将获得 / 梦想的福祉 / 我们 / 终将抵达光明"。但是，有的时候，悟也是一种近乎虚无的解脱。

《青颈》是这样参悟的：

只有豁出去

万物中的雪和白

才能接纳世间的苦

以及恒河沙，病与毒

最割舍不得的天鹅

比爱情明亮的地方

正在一点一点变暗

如是我闻：用青黑的颈子

换取一幅雪白世界

这是一种以个体生命的牺牲为代价的悟，这种悟的透彻性甚至具有终极意义，在看似消极的背后，潜存着一种强大的信念。诗人不会回避这种生命感悟的复杂性，而是从中发现和发掘它的存在的合理性。这才是真正意义上的对存在的正视。所谓世界的真相，无论是看得见或看不见，其"存在"的本质是无法泯灭的。一切有形的或无形的存在，在诗人的笔下将成为启迪人们生命之悟的"催化剂"。

作为《生命四重奏》的"尾巴之歌"，也许是向以鲜有意留给读者的一种余韵。在审视了生命的四重奏之后，这置于末端的"尾巴之歌"，依然是耐人寻味的启迪。那些信手拈来的事物和例证，似乎只是在提示人们，一切存在于这个世界的故事，都应该有一个令人沉思的"尾巴"。这个尾巴是结局，也可能是另一个故事的开始。所谓"记忆 / 是我们一生中 / 最短促的 / 尾巴"，"忘却 / 是我们一生中 / 最漫长的 / 尾巴"，因而诗人郑重地宣告：

> 我要赞美一个名字
> 叫尾巴的世界
> 我要歌唱一首名字
> 叫尾巴的诗

我们所目睹和经历过的一切，是尾巴吗？是结局还是发端，未来会告知一切，存在会证明一切。

〈作者简介〉

叶橹，1936 年生，学者、诗歌批评家，扬州大学文学院教授，中国现代主义诗歌辩护人。